Mary, la Ostra Tímida
Mary, The Shy Oyster

Mary es una pequeña ostra que vive
en el fondo del mar rodeada de
hermosos corales y alegres
pececillos. Ella se siente triste con su
cuerpo pesado y gris, se encierra y
no tiene amiguitos. Un día le ayudan
a comprender que la verdadera
belleza puede estar dentro de uno
mismo; así, aprende a valorar la
perla que crecía en su interior.

•

*Mary is a little oyster who lives at
the bottom of the sea surrounded by
beautiful coral and happy little fish.
She feels sad about her heavy, gray
body, so she hides in her shell and
doesn't make any friends. One day
she learns that true beauty can be
on the inside; and this is how she
learns to appreciate the pearl
growing inside her shell.*

SWEET DREAMS BILINGUAL
PUBLISHERS, Inc.

Florida - USA

Mary, la Ostra Tímida
Mary, The Shy Oyster

Cuentos bilingües ● *Bilingual Stories*

Autor / *Author*
TITO ALBERTO BROVELLI

Ilustrador / *Illustrator*
RAFAEL SÁNCHEZ MUÑOZ

Traductor / *Translator*
KIRK ANDERSON

Requests for permission to make copies of
any part of the work should be mailed to:
Permissions,
Sweet Dreams Bilingual Publishers, Inc.
1713 NW 97th Terrace,
Coral Springs, Florida 33071 - USA

BROVELLI, Tito Alberto
Mary, la ostra tímida / Mary, The Shy Oyster
Bilingual (Spanish-English) Pictured Book
Juvenile Fiction

Illustrations: Work made for hire
by Rafael SANCHEZ MUÑOZ

Literary Translation: Work made for hire
by Kirk ANDERSON

Multicultural Approach Revisions:
Martha E. Galindo
María Luisa Pérez
Teresa López
María Romero

Summary: A little gray oyster felt shy and was afraid to
make friends. Later she discovers that true beauty exists
inside us all and changes.

ISBN # 0-9673032-1-4

The illustrations in this book were done in
watercolors on 140 lb cold pressed paper

First edition
1999

Printed and bound by
Times Offset (Malaysia) Sdn Bhd

A mis padres, a mis maestros.

To my parents and teachers.

— T. A. B.

En el fondo del mar, cerca de los corales más hermosos, vivía una pequeña ostra de color gris. Era tan tímida que casi siempre estaba escondida en la arena y de vez en cuando asomaba sus ojitos. Solamente así se atrevía a mirar a los pececillos de colores que muy cerca de ella, entre los corales, jugaban alegremente todos los días. Cuando los pececillos la veían, le decían: "Ven a jugar con nosotros", pero ella imediatamente se escondía. Entonces, los pececillos se iban pensando que a ella no le gustaba jugar.

At the bottom of the sea, near the most beautiful coral, there lived a little gray oyster. She was so shy that she almost always hid buried in the sand, but from time to time she would peek outside with her little eyes. This was the only way she dared to look at the colorful little fish who played every day happily in the coral by her side.
When the little fish saw her they said: "Come and play with us!" But she would just go back to her hiding place. So the little fish started thinking that she didn't like to play.

En realidad, la pequeña ostra tenía muchos deseos de jugar y hacer amigos, pero... no sabía cómo.

Ella se sentía diferente a los ágiles y coloridos pececillos y cuando se comparaba con ellos, no se sentía feliz.

"Oh, ¿por qué me ha tocado a mí ser una ostra?", se lamentaba tristemente.

Así pasaban los días y Mary no cambiaba su forma de ser, ni el lugar donde se escondía. La primavera se acercaba y una gran fiesta se estaba organizando en los corales.

But the little oyster really did want to play and make friends,… but she just didn't know how. She felt different from the playful, multicolored little fish and when she looked at herself next to them, she didn't feel very happy.

"Oh, why did I have to be an oyster?" she grumbled sadly.

Day after day went by like this and Mary didn't change her attitude, or her hiding place. Spring was coming and there were plans for a big party on the coral reef.

Todos cooperaban haciendo los preparativos con entusiasmo. Algunos ponían flores. Otros removían piedrecitas. Y los más expertos preparaban la comida.

Cuando todo estuvo listo, cada uno recibió una elegante invitación de la Estrella de Mar, quien era la Reina de la Fiesta.

Por fin el día de la Fiesta llegó. Los pececillos, las tortugas marinas y hasta los erizos, se presentaron con sus mejores vestidos en brillantes colores.

Everyone was working together, excited about the preparations. Some arranged flowers. Others moved stones. And the best chefs prepared the food.

When it was all ready, everyone received a fancy invitation from the Star Fish who was the Queen of the Party.

Finally the day of the Party arrived. The little fish, the sea turtles and even the sea urchins came dressed in their fanciest clothes in the brightest of colors.

Todos tenían alguna habilidad para mostrar. Los Caballitos de Mar hacían girar aros de colores alrededor de su cintura. Las Anguilas ataban nudos con sus largos cuerpos, sacando chispas. Los Pulpos alegraban la fiesta tocando diferentes instrumentos con sus tentátulos.

Mas tarde, lentamente llegó el caracol arrastrando su casa decorada a la última moda. A su paso descubrió un par de ojitos curiosos en la arena y preguntó en voz alta, "¿Y tú quién eres? ¿Qué tienes para mostrarnos?" Cuando todos la miraron, Mary se hundió aún más en la arena.

Everyone had some special skill to show off. The Sea Horses spun colorful hoops around their waists. The Electric Eels tied knots in their long bodies, setting off sparks. The Octopuses got the party hopping by playing different instruments with their tentacles.
Later, the snail arrived slowly, dragging its house decorated in the latest style. On his way he noticed a pair of curious eyes peeking out from the sand and asked, "Who are you? What can you show us?" When everyone turned to look at her, Mary sunk down even deeper into the sand.

La Reina de la Fiesta, quien era muy inteligente y sabía lo que le estaba pasando a la pequeña ostra, se le acercó y le dijo: "Ciertamente, todos tenemos algo bello para mostrar. No siempre lo bello está a la vista, ni en la ropa ni en los adornos. A veces, la belleza puede estar guardada en nuestro interior".

Al escuchar estas palabras, la ostra abrió sus ojos.

En ese momento recordó que entre los suaves pliegues de su cuerpo había estado creciendo una esferita brillante. Entonces, lentamente abrió su caparazón y para sorpresa y maravilla de los presentes, la ostra mostró una perla perfecta, la cual se iluminó con grandes destellos.

The Queen of the Party, who was very smart and understood how the little oyster was feeling, approached her and said: "Surely we all have something beautiful to show off, but the most beautiful things aren't always on the outside; they may not be in the clothes or jewelry. Sometimes, true beauty can be on the inside."

When she heard these words, the little shell opened her eyes.

Then she remembered that inside the soft folds of her body a sparkling little ball had been growing. Then, she slowly opened her shell and to the surprise and wonder of all, the little oyster showed them a perfect pearl, which glimmered brightly.

"¡Ah, ésta es la perla más hermosa que he visto en toda mi vida!", exclamó la Estrella de Mar.
"Tú has trabajado mucho tiempo para hacer algo tan bello y lo has hecho con perfección y en silencio. Esto merece un premio".
Y en ese mismo instante, la pequeña ostra fue designada como la Invitada de honor de la fiesta.
Mary estaba feliz. Todos se acercaban para ver su perla y preguntarle como la había hecho y ella se soltó hablando sin parar.

"Oh, that's the most beautiful pearl I've ever seen!" exclaimed the Star Fish. "You've worked for a very long time to make something so beautiful and you've done it to perfection and without making a sound. That deserves a prize."
And at that very instant, the little oyster was named Guest of Honor at the party.
Mary was ecstatic. Everyone came up to her to look at her pearl and ask her how she had made it and she started talking and talking.

Desde ese día, la pequeña ostra tiene muchos amiguitos y se ha convertido en una alegre compañera de juegos. Como ya no le preocupan las formas ni los colores, siempre prefiere buscar algo valioso en cada uno de sus amigos.

Ahora, el fondo del mar se ilumina con las más hermosas perlas. Todos saben que es Mary, la ostra que dejó de ser tímida, quien está trabajando y embelleciendo todo a su alrededor.

From that day on, the little oyster had lots of friends and became a happy playmate. Since she doesn't worry anymore about shapes or colors, she always likes to find something special in each of her friends.

Now the bottom of the sea sparkles with the most beautiful pearls. Everyone knows it is Mary, the oyster who stopped being shy, who is working to make everything around her more beautiful.

El autor

TITO ALBERTO BROVELLI, ha sido periodista en diarios, radio y TV en Argentina, su país natal, durante más de 20 años. Puede decirse que ha escrito la mayor parte de su vida, pero sobre historias reales. Cuando nació Andrea, su primera hija, descubrió que podía crear cuentos para niños. La llegada de Samantha, Max y Klaus lo encontró preparado para la aventura y desde entonces no ha parado de escribir historias sobre dragones, nubes y ostras, que viven y respiran como tú y yo.

The Autor

TITO ALBERTO BROVELLI worked as a newspaper, radio and television journalist in Argentina, his native land, for more than 20 years. It could be said that he has been writing for most of his life, but about real stories. When Andrea, his first daughter was born, he discovered that he could make up stories for children. By the time Samantha, Max and Klaus arrived, he was ready for the adventure and since then, he hasn't stopped writing stories about dragons, clouds and oysters, who live and breathe like you and me.

El ilustrador

RAFAEL SÁNCHEZ MUÑOZ es un inquieto, alegre creativo, quien en los últimos 20 años se ha destacado como ilustrador de libros para niños. Actualmente, con su esposa Conchita vive en Pedraza, España, una pequeña ciudad medieval con muralla y castillo como los de los cuentos. Allí tiene su sala de exposición y venta de sus paisajes, su otra pasión, donde la acuarela le permite expresar en magistrales planos de color y sombras su percepción de esos magníficos campos de Castilla.

The Illustrator

RAFAEL SÁNCHEZ MUÑOZ is a restless, happy, creative person who, in the last 20 years has excelled as an illustrator of children's books. He currently lives with his wife Conchita in Pedraza, Spain, a small medieval city with a wall and a castle like in the storybooks. There he has his gallery of landscape paintings, his other passion, where watercolors allow him to express, in masterful strokes of color and shadow, his perception of the magnificent Castilian countryside.

El traductor

KIRK ANDERSON era una de esas personas que parecía no tener claro lo que quería hacer en la vida, pero un día descubrió que la perla que llevaba dentro era un don para los idiomas. Tras publicar algunas traducciones literarias del chino, descubrió que tenía la vocación de traductor. Traduce literatura y textos comerciales de todas clases del español, francés y chino al inglés, pero siempre ha pensado que la traducción de la literatura juvenil —el compartir la imaginación de otras culturas— es su mayor contribución al mundo.

The Translator

KIRK ANDERSON used to be one of those people who seemed not to know what he wanted to do with his life, but who discovered that the pearl hidden inside of him was a knack for languages. After publishing some literary translations from Chinese, he found his calling as a translator. He translates literature and commercial texts of all kinds from Spanish, French and Chinese into English, but he has always considered translating children's books, sharing the imagination of other cultures, to be his greatest contribution to the world.

<u>Otras obras del mismo autor</u> ● *<u>Other titles by the same author</u>*

LA NUBECITA PANZA DE AGUA

Cuento bilingüe sobre una pequeña
nube que con gran voluntad lleva agua
a un pueblo sediento y ayuda así a
recuperar
la esperanza.

Otoño 1999 - ISBN 0-9673032-0-6
8-1/2" x 11" - 24 págs. - Edad 5-8 años
Ilustrado a todo color
Tapa dura

WATER BELLY, THE LITTLE CLOUD

*Bilingual story of a small and good
hearted traveling Cloud, who helps
a thirsty town and brings hope.*

Autumn 1999 - ISBN 0-9673032-0-6
8-1/2" x 11" - 24 Pages - Ages 5-8
Full-color throughout
Hard Cover

KIKO, EL DRAGON DESOBEDIENTE

Kiko es un pequeño dragón curioso y
desobedeciendo a sus papás se aleja de
la casa. Esto lo lleva a vivir riesgosas
aventuras con animales del bosque y así
pasa por grandes sustos. Luego,
recordando las enseñanzas, demostrará
que aprendió su lección.

Otoño 1999 - ISBN 0-9673032-2-2
8-1/2" x 11" - 24 páginas - Edad 5-8 años
Ilustrado a todo color
Tapa dura

KIKO, THE DISOBEDIENT DRAGON

*Kiko disobeys his parents and
wanders away from home. This
takes him on dangerous
adventures with animals in the
forest and puts him in some scary
situations. Then, remembering
what he´s been taught, he shows
that he has learned his lesson.*

Autumn 1999 - ISBN 0-9673032-2-2
8-1/2" x 11" - 24 Pages - Ages 5-8
Full-color throughout
Hard Cover

SWEET DREAMS BILINGUAL PUBLISHERS, Inc.
Florida - USA

Fist Edition
1999
Printed and bound by
Times Offset (Malaysia)
Sdn Bhd